MITOS GREGOS
o voo de Ícaro e outras lendas

Para Wendy e Matthew

Título original: *Greek Myths for young children*
Título da edição brasileira: *Mitos gregos: o voo de Ícaro e outras lendas*
© Marcia Williams, 1991
Publicado mediante acordo firmado com Walker Books Limited, London SE11 5HJ

Edição brasileira
Diretor editorial   Fernando Paixão
Coordenadora editorial   Gabriela Dias
Editor assistente   Emílio Satoshi Hamaya
Preparador   Renato Potenza
Coordenadora de revisão   Ivany Picasso Batista
Revisoras   Ana Luiza Couto e Camila Zanon

ARTE
Edição   Antonio Paulos e Cíntia Maria da Silva
Assistentes   Claudemir Camargo e Eduardo Rodrigues
Diagramação   Estúdio O.L.M.

CIP-BRASIL CATALOGAÇÃO NA FONTE
SINDICATO NACIONAL DOS EDITORES DE LIVROS, RJ

W69m
   Williams, Marcia, 1945-
     Mitos Gregos : o voo de Ícaro e outras lendas / recontado e ilustrado por Marcia Williams ; tradução de Luciano Vieira Machado. - São Paulo : Ática, 2005
     40p. : il. - (Clássicos em Quadrinhos ; 6)

     ISBN 978-85-08-09823-1

     1. Mitologia grega - Literatura infantojuvenil. 2. Mitologia grega - Histórias em quadrinhos. I. Machado, Luciano Vieira. II. Título. III. Série.

05-1273   CDD-028.5 / CDU 087.5

ISBN 978 85 08 09823-1 (aluno)
ISBN 978 85 08 09824-8 (professor)
Código da obra CL 731757
Cae: 224538

2022
1ª edição
10ª impressão
Impressão e acabamento: A.R. Fernandez

Todos os direitos reservados pela Editora Ática, 2005
Avenida das Nações Unidas, 7221 – CEP 05425-902 – São Paulo, SP
Atendimento ao cliente: 4003-3061 – atendimento@atica.com.br
www.atica.com.br

IMPORTANTE: Ao comprar um livro, você remunera e reconhece o trabalho do autor e o de muitos outros profissionais envolvidos na produção editorial e na comercialização das obras: editores, revisores, diagramadores, ilustradores, gráficos, divulgadores, distribuidores, livreiros, entre outros. Ajude-nos a combater a cópia ilegal! Ela gera desemprego, prejudica a difusão da cultura e encarece os livros que você compra.

CLÁSSICOS EM Quadrinhos

MITOS GREGOS
o voo de Ícaro e outras lendas

APRESENTADO E ILUSTRADO POR
MARCIA WILLIAMS

TRADUÇÃO
LUCIANO VIEIRA MACHADO

Acervo básico – FNLIJ

A CAIXA DE PANDORA

No princípio, os deuses viviam no Monte Olimpo.

Na terra viviam apenas gigantes e animais selvagens.

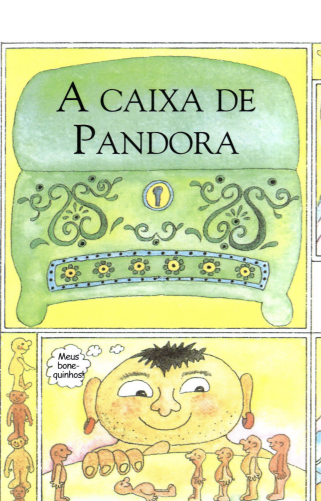

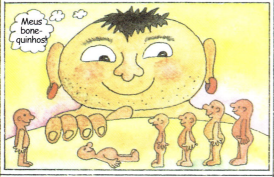

Então o gigante Prometeu fez uns bonecos de barro

e Zeus deu vida a eles.

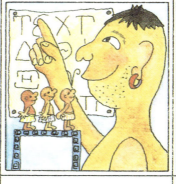

Prometeu ensinou-lhes tudo o que sabia,

inclusive a terem respeito por todos os deuses.

Vez por outra, Zeus lançava um raio contra a terra, para lembrar os homens de seu poder.

Afora isso, reinava a harmonia...

Até Prometeu pregar uma peça em Zeus.

Sem saber como oferecer o sacrifício de um touro a Zeus, alguns homens pediram a Prometeu que lhes mostrasse como se fazia.

Prometeu colocou um bife na boca de um saco cheio de tripas e de olhos.

Depois colocou tripas na boca de um saco cheio de bifes e nacos de carne.

Imediatamente, todos os males e maldades escaparam da caixa como uma nuvem de insetos, cobrindo Pandora e infestando a terra de dores e aflições.

Felizmente, Prometeu também tinha trancado a esperança na caixa, e assim a humanidade se salvou do completo desespero. Mas, por culpa de Pandora, a vida na terra nunca mais voltou a ser alegre como antes.

O belo canto de Arion atraiu um bando de golfinhos, que o levaram para as costas de Corinto.

Arion chegou a Corinto antes do navio e contou a Periandro o que aconteceu com ele.

Aliviado com a volta de Arion, Periandro jurou punir os marujos.

Quando os marujos voltaram, Periandro escondeu Arion atrás de um biombo e os chamou.

"Vocês têm notícias de Arion?", perguntou o rei. "Ah, sim. Ele vai ficar mais um pouco na Sicília, por causa do festival", responderam os marujos.

Quando eles disseram isso, Arion saiu de trás do biombo.

Os marujos tentaram fugir, mas os guardas os cercaram.

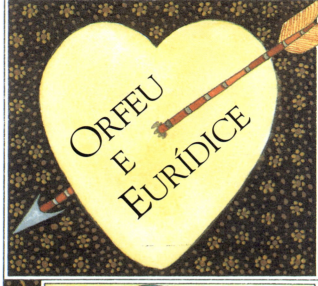

Orfeu era um famoso poeta e músico. Vinha gente de toda a Grécia para ouvi-lo cantar e tocar sua lira.

Sua música amansava as feras, e as árvores inclinavam-se para ouvi-la.

Orfeu era perdidamente apaixonado pela bela ninfa Eurídice. O dia em que casou com ela foi o dia mais feliz da vida dele.

Eurídice adorava dançar e vivia saltitando pelos campos. Mas um dia, quando dançava numa campina florida, pisou numa cobra venenosa.

A cobra cravou as presas em sua perna, e o veneno matou-a instantaneamente.

Após receber a notícia, Orfeu ficou inconsolável e passou muitos dias sem comer nem beber. Os amigos temiam por sua vida.

Então, sem dizer uma palavra, pegou sua lira e partiu. Ele viajou para Hades, o reino dos mortos, a fim de pedir que sua amada Eurídice voltasse.

Finalmente ele chegou ao rio Estige, na fronteira com Hades, onde Caronte, o barqueiro, esperava para transportar os mortos de uma margem a outra.

A princípio Caronte se recusou a levá-lo, porque Orfeu ainda estava vivo.

Mas quando ele tocou sua lira, Caronte mudou de ideia.

Do outro lado do rio, a jornada de Orfeu se tornou um pesadelo.

Primeiro ele teve de cruzar os campos de plantas estéreis, que eram sombrios, cinzentos e assombrados por fantasmas.

Depois atravessou o Tártaro, lugar do Inferno onde os maus eram torturados. Lá, Cérbero, o cão de guarda, rosnou para ele e mordeu-lhe o calcanhar.

Finalmente Orfeu chegou ao centro do Hades. Ele se ajoelhou diante do rei Plutão e da rainha Perséfone, que ficaram impressionados em ver uma pessoa viva arriscar-se a descer ao reino deles.

Então Orfeu pegou a lira e cantou o seu amor por Eurídice e a dor que sentia. Plutão e Perséfone ficaram comovidos e começaram a chorar.

Eles concordaram em libertar Eurídice do reino dos mortos, mas com uma condição:

Orfeu não poderia olhar para trás até chegar ao mundo dos vivos. Assim, ele partiu, sem saber se Eurídice o seguia.

Quando chegou ao rio Estige, ele hesitou: se Plutão e Perséfone o tivessem enganado, aquela seria sua última chance de voltar.

Já com um pé no barco, Orfeu se voltou e viu sua amada Eurídice sorrindo para ele.

Mas o corpo dela foi desaparecendo, e Eurídice se tornou um fantasma do reino dos mortos.

Depois, enquanto Caronte o conduzia lentamente ao mundo iluminado pelo Sol, Orfeu se dava conta de que agora havia perdido seu amor para sempre.

OS DOZE TRABALHOS DE HÉRCULES

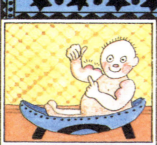

Hércules era um bebezinho muito forte.

Todos gostavam dele, menos Hera, a mulher de Zeus, que mandou duas cobras o matarem.

Mas Hércules estrangulou as duas cobras.

Por algum tempo, Hera ignorou a existência dele.

À medida que crescia, Hércules ia ficando cada vez mais forte.

Ele se casou e teve muitos filhos.

Hera odiava vê-lo tão feliz.

Certa noite ela o enfeitiçou. Ele pegou sua espada e começou a matar inimigos imaginários.

Quando recobrou a consciência, porém, viu que havia matado os próprios filhos.

De coração partido, Hércules foi ao templo pedir perdão.

A sacerdotisa disse que ele seria perdoado se servisse ao seu velho inimigo, o rei Euristeu.

O rei tinha tanto medo de Hércules que se escondia num vaso toda vez que ele se aproximava.

Como odiava Hércules, Euristeu lhe deu doze tarefas para executar. Essas tarefas poderiam causar-lhe a morte.

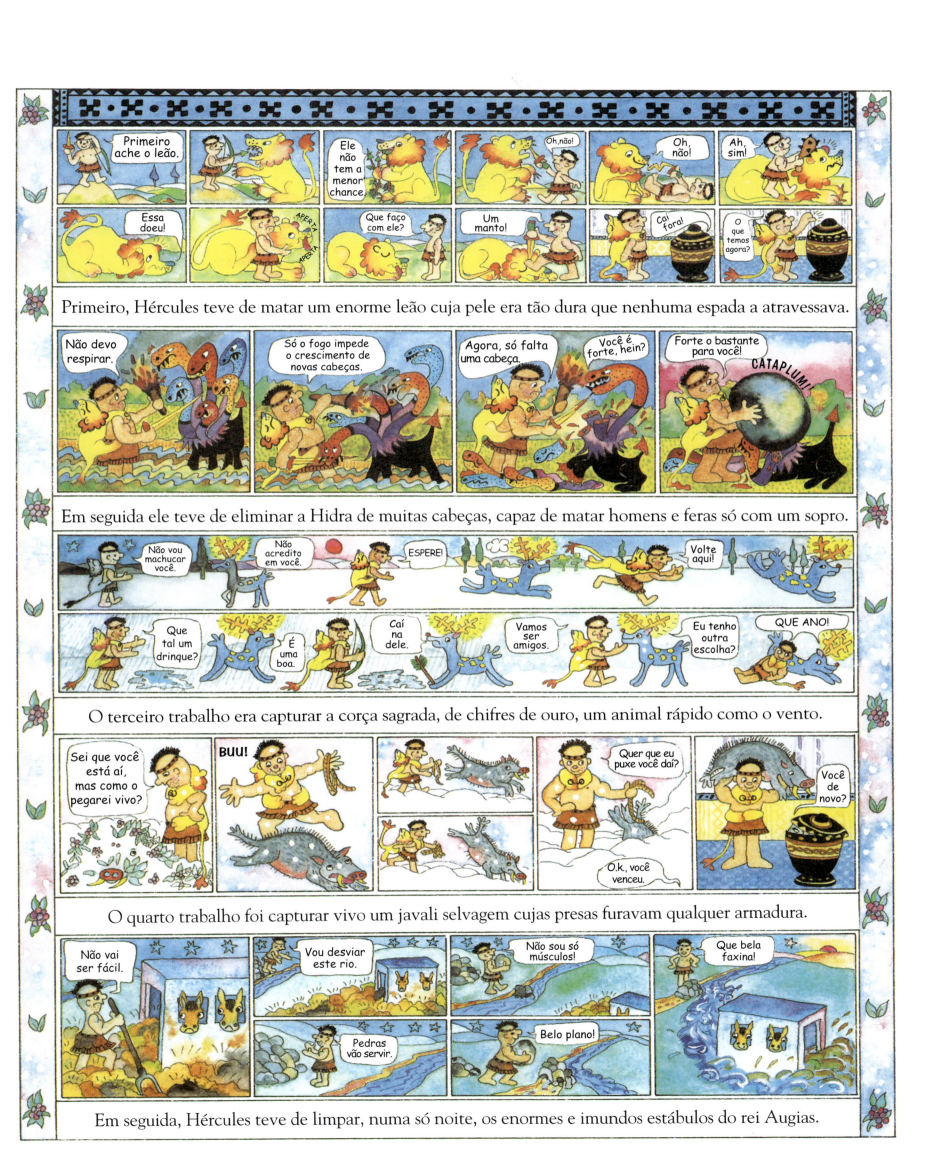

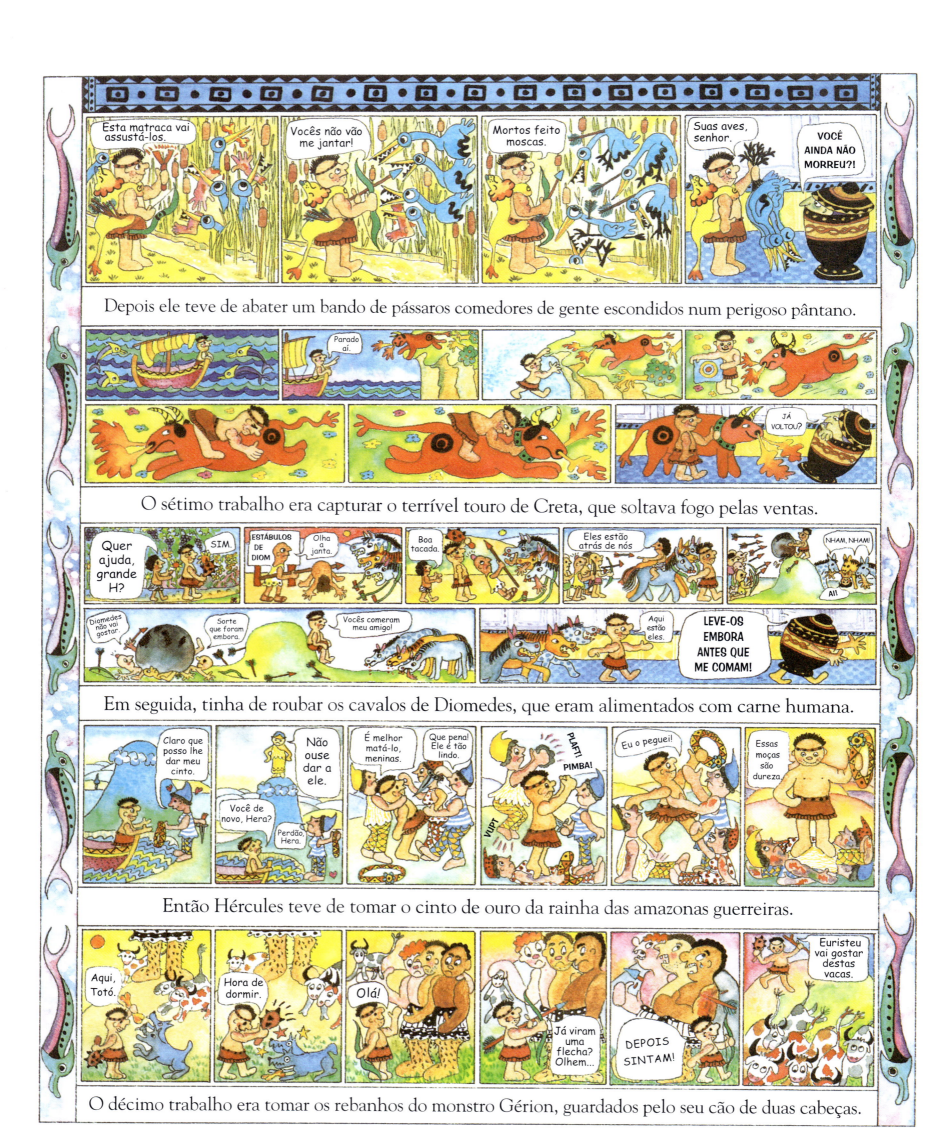

Dédalo e Ícaro

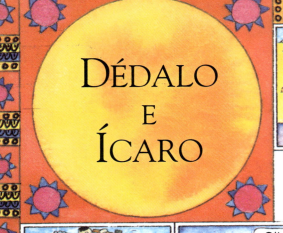

Dédalo era um artista brilhante que trabalhava para o rei de Atenas. Suas estátuas pareciam tão reais que alguns achavam que elas podiam falar.

Ele tinha um sobrinho, Talo, que era seu discípulo. Talo era um rapaz inteligente. Ele inventou a serra, o compasso e a roda de oleiro. Mas Dédalo, com inveja do talento do sobrinho, empurrou-o do telhado do templo.

Vendo-o cair, a deusa Atenas transformou-o numa perdiz, que saiu voando. Mas o corpo de Talo jazia no chão, e Dédalo receou ser castigado.

Então, ele e o filho Ícaro fugiram para Creta, onde o rei Minos os acolheu muito bem. Dédalo fez muitas estátuas, templos, móveis e barcos para o rei Minos. Construiu também o Labirinto, onde morava o Minotauro comedor de gente.

Como o rei Minos temia que Dédalo revelasse o segredo da entrada e da saída do Labirinto, decidiu aprisionar para sempre ele e seu filho Ícaro na ilha.

até ser
envolvido
por seu
brilho quente.

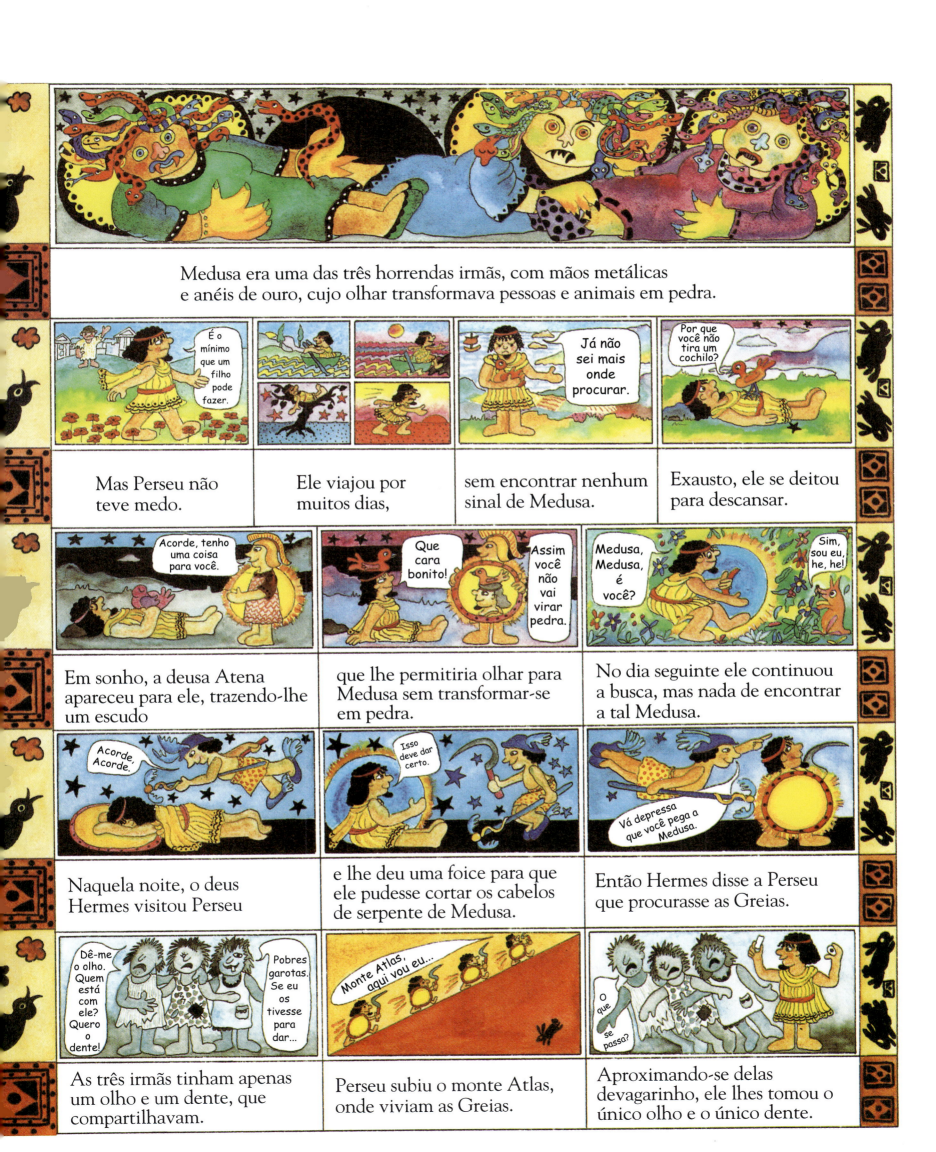

O Labirinto era uma confusão de corredores escuros e frios.

De repente, Teseu se viu cara a cara com o terrível monstro.

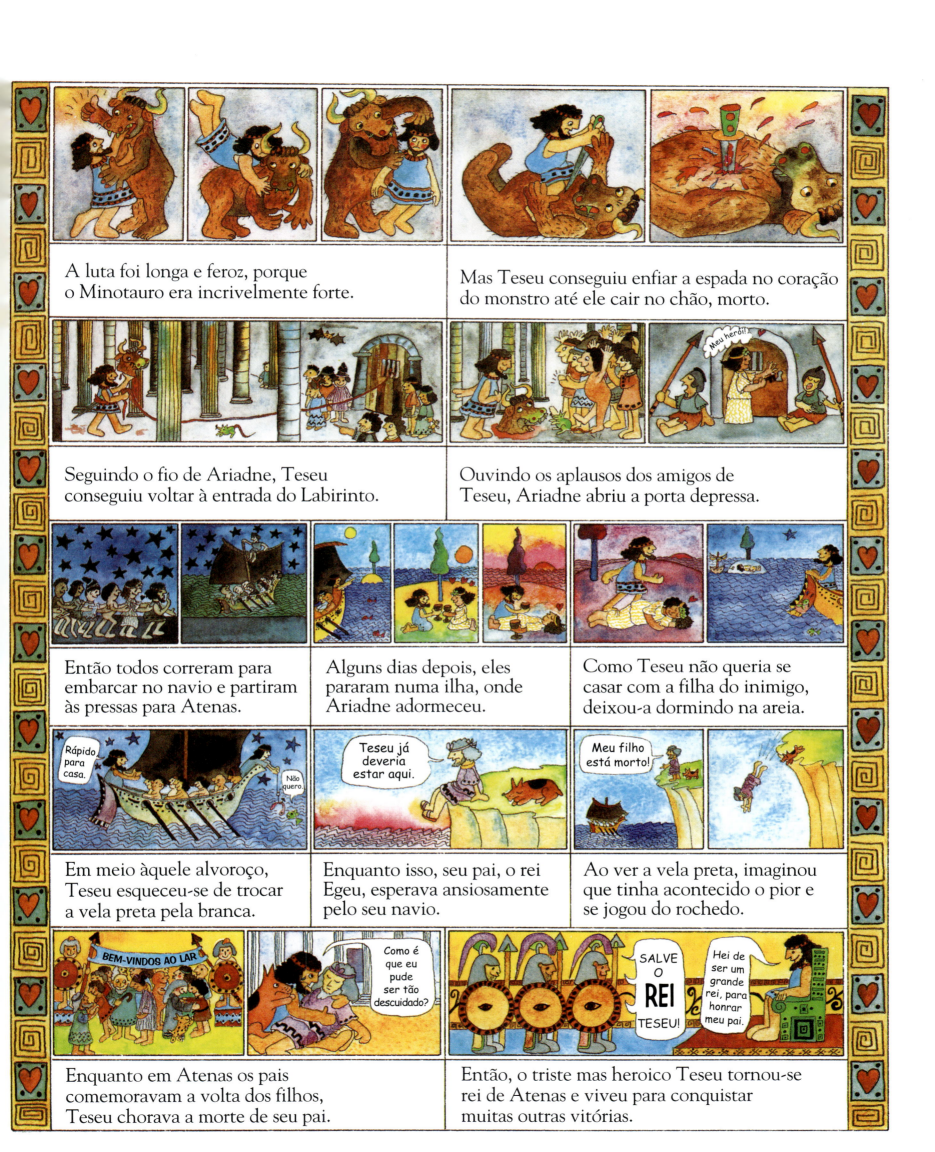

Aracne vivia com seu pai numa pobre aldeia grega.

Ela não era muito bonita nem muito amável,

mas era brilhante na arte de tecer. Com certeza era a melhor tecelã de toda a Grécia.

Aracne estava convencida disso, e não se cansava de dizer a todo mundo.

Muitos achavam que ela tinha aprendido sua arte com a grande deusa Atena.

Mas a arrogante Aracne negava, achando que era ainda mais habilidosa na arte de tecer que a própria deusa.

Sua atitude era imprudente, pois os deuses se zangavam quando os mortais se julgavam muito poderosos.

De manhã, de tarde e de noite o pai de Aracne em vão lhe pedia que não ficasse se comparando com a deusa Atena.

Mas nada continha as palavras presunçosas de Aracne. Ela chegou até a desafiar Atena para uma disputa na arte de tecer.

O de Aracne, porém, representava os deuses como bêbados loucos.

Quando o sol se pôs, e os últimos fios foram tecidos, a disputa acabou.

Atena voltou-se para olhar o trabalho de Aracne.

E de fato o trabalho estava perfeito, quase tão perfeito quanto o seu.

Mas quando viu o insulto de Aracne contra os deuses, Atena explodiu.

Pegando a lançadeira, ela cortou o tecido de Aracne no meio.

Então, voltando-se para Aracne, bateu-lhe na cabeça.

Aracne ficou assustada com tamanha fúria. Temendo um destino ainda pior,

ela colocou uma corda no pescoço, amarrou-a numa viga e enforcou-se.

E lá ficou ela balançando, enquanto a vida lhe fugia aos poucos.

Horrorizado, o pai de Aracne pediu a Atena que poupasse a vida de sua filha.

De má vontade, a deusa acabou concordando.

Ela esfregou ervas no corpo de Aracne, e então começou uma horrível transformação.

Primeiro, os cabelos de Aracne caíram.

Depois foi a vez do nariz, das orelhas e das pernas, que também caíram.

Seus braços desapareceram, e os dedos agora saíam diretamente do corpo.

Sua cabeça e seu corpo encolheram, até ela ficar menor do que um punho.

E finalmente a corda em que ela balançava transformou-se num fio fino e sedoso.

Atena se vingara: transformou a presunçosa Aracne numa aranha!

OUTROS TÍTULOS DA COLEÇÃO
PARA VOCÊ LER E SE DIVERTIR

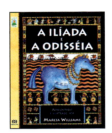
A ILÍADA E A ODISSEIA
A guerra entre gregos e troianos, o combate entre Aquiles e Heitor, o Cavalo de Troia, a perigosa viagem de Ulisses, o pavoroso monstro Cila... Duas emocionantes histórias repletas de heróis e monstros espetaculares!

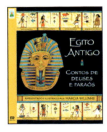
EGITO ANTIGO – CONTOS DE DEUSES E FARAÓS
Mistério e aventura, histórias dos faraós e deuses egípcios que fascinam a humanidade há milhares de anos.

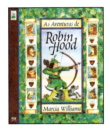
AS AVENTURAS DE ROBIN HOOD
O famoso arqueiro combate as injustiças do inescrupuloso Príncipe João junto com seu alegre bando, roubando dos ricos para dar aos pobres.

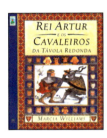
REI ARTUR E OS CAVALEIROS DA TÁVOLA REDONDA
Mago Merlim, fada Morgana, rei Artur, Sir Lancelot e outros bravos Cavaleiros da Távola Redonda em onze emocionantes narrativas.

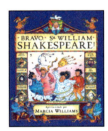
BRAVO, SR. WILLIAM SHAKESPEARE!
Com as peças: *Antônio e Cleópatra*, *Como gostais*, *Muito barulho por nada*, *Noite de Reis*, *O mercador de Veneza*, *Rei Lear* e *Ricardo III*.

SIMBÁ, O MARUJO
Enfrentando monstros assustadores e inúmeros perigos nas suas sete viagens pelos mares, o destemido marujo Simbá tenta sobreviver para levar suas riquezas de volta para casa.

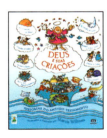
DEUS E SUAS CRIAÇÕES
Conheça as incríveis histórias do Velho Testamento: as aventuras de Adão e Eva no Paraíso, a história de Noé e sua arca, o confronto entre Davi e Golias, e muito mais.

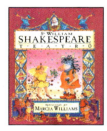
SR. WILLIAM SHAKESPEARE – TEATRO
Com as peças: *A tempestade*, *Conto de inverno*, *Hamlet*, *Júlio César*, *Macbeth*, *Romeu e Julieta* e *Sonho de uma noite de verão*.

DOM QUIXOTE
O tom satírico do clássico *Dom Quixote*, de Miguel de Cervantes, dá o clima dessa hilária adaptação em quadrinhos. Não perca a chance de morrer de rir com Quixote e Sancho, a dupla mais atrapalhada do mundo dos livros!

Obras clássicas da literatura universal adaptadas para os quadrinhos com muito bom humor.